KB109081

결코
안녕인 세계

결코
안녕인 세계

주영중 시집

민음의 시 212

민음사

바깥에 연루된 자로 말하건대,

알 수 없는 침입의 흔적이 여기에 있다.

나는
새로운 목소리가 당도하는
틈이자, 균열이기를.

파란수염 고래의 영상이
잠시 나타났다, 사라져 간다.

2015년 여름
주영중

차 례

2부

3부

4부

작품 해설 | 조강석

1부

아침 운전

아이들이 탄 노란 승합차를 9대나 보는 아침. 일기가 사납다. 채찍처럼 선회하는 새가 고맙다. 차에 아랑곳하지 않고 도로에 뛰어든 한 마리 개인지 강아지인지가 아무렇지도 않다는 듯, 주인에게 돌아간다.

빗길 마장에서 성수까지 약 14분. 말이 달리다 달리다 물이 되는 현재의 습도 90%. 횡단보도 앞 환자복을 입은 여자 1명. 내 앞에서 날아가는 비둘기 1마리. 응급 환자 이송 차량 1대, 그리고 떨어지지 않는 노랗고 붉은 잎들이 대략 57개.

바버숍에서 돌아가는 원통기둥을 응시한다. 눈의 회전 60번. 몽롱하다. 신호 위반 3번. 좌측 깜빡이 4번. 언덕길을 올라가는 지게차 1대. 답답하다 0.5번. 형편없다 1.5번. 고맙다 5번. 침묵 45분.

뭉쳐 버린 어깨 근육. 고개를 한쪽으로 심하게 꺾는 틱 증세 7회. 틱 틱. 오늘 아침 스크린에서 깜박이는 내 이름은 서울 3보에 1043. 개와 강아지의 중간 호칭에 대해 생

각하다가 서울 3보에 1043. 그럴듯한 리듬이라 생각하다가
틱 틱 틱 틱.

식탁보

젊은 시절 내내 나는 저기 식탁보를
갓 내린 눈처럼 칠하고 싶었다 ── 세잔

주름지고 부드럽고 조심스러운 손이 사과를 올려놓기
시작한다 둥근 사과들이 눈 같은 식탁보를 조금씩 녹이더
니 자리를 잡는다 사과가 붉고 차가워서 이가 시리다

슬쩍 내미는 손 식탁보가 날아오고 사과들이 식탁 아래
로 굴러떨어진다 가루도 없이 환하게 터져 버린다 나는 부
드럽게 구겨진 식탁보를 식탁 위에 활짝 펼친다

은회색 머리카락 한 올만을 남기고 식탁보는 나무 속으
로 스민다 그러더니 식탁이 비스듬히 기우는 것이다 어어
하는 사이 부엌이 바닥이 기울고 내 몸도 한편으로 기우뚱
저기 매달린 칼만이 무게중심을 찾아가고 있다 칼날이 성
싱하다

춤추는 망령

진공 속에서 춤을 춰요 우리
느리고 우울하게, 섬광처럼 번지는 흰 그림자
몸이 공중으로 살짝 떠오를 때, 기울어 버린 집에서
마치 하나의 몸이 된 것 같이

여기저기 망령들이 출몰한다
범죄 현장을 다시 찾는 범인처럼,
링에 기대 무너지지 않으려 버티는 복서처럼,
불계를 선언하고 판을 응시하는 기사처럼,
늘 그렇게 홀연히 떠오르는, 망령들

그래요 춤을 춰요, 나와 함께
발과 스텝 사이가 궁금해서요
발은, 발이, 발을, 발에게, 나는 발이어서,
몽롱한 춤을 추는 팔다리가 셋 다섯 일곱, 흔들리는 초
록 숲이 열셋 스물 스물아홉
술에 취한 것처럼 당신을 쫓으며 내딛는 리듬

미련도 후회도 없이 경쾌한 춤을

무겁게 젖는 그림자

흔적은 허공 속에 남기고

춤은 춤이니까요, 발은 너무 무거워서요, 스텝은 가볍습
니다

호흡이 빨라지고, 심장은 춤을 춥니다

심장의 스텝, 심장의 스냅

당신은 스텝을 밟고, 나는 발을 떼고

발은 발이니까요, 핑계는 대지 않겠습니다, 스텝은 스텝
이니까요

당신은 스텝을 밟고 나는 발을 뗍니다, 나를 이해할 수
있나요

발과 스텝 사이가 궁금해서요

속도의 소음이 좋으니까요

목격자를 찾습니다

사진의 배경이 지나가 본 곳이다 예리하게 좁아지던 복도와 흰 벽, 창밖의 나무가 한창 푸르다

정면을 바라보는 여자의 눈은 복사기에서 수없이 인쇄되었을 터이다

카메라가 멈춰 놓은 순간이 실제보다 선명해진다 변사체로 발견됨 여자는 얼마간 영원할 것이다

분명 여자가 웃고 있다 렌즈 속 마지막 초록을 보며 히히 웃음을 흘리고 있다

차원 X
— 변종들 혹은 흑마술

나는 정교하고 놀라운 생체 시계
탈구된 혀를 늘어트리고
시간의 발을 핥는 자

라디오에서 흐르는 음들이 평정심을 찾아가고
울음이 침묵하는 밤,

중부고속도로 통영 기점 327km 지점
몸이 125km로 전화(轉化)할 때,
푸른 수직의 벽을 타고 오르는 검은 구름
창으로 부서지는 빗방울들
몸속까지 철저히 투명한, 우울의 변종들

희미한 막들이 떠다니는 세계
참으로 평화롭고 밝은 허공
창틀도 없이 떠다니는 창들, 입구도 없이 떠다니는 문들

울음소리, 홀연히 나타났다 사라지는 차원의 문
미지의 음들이 늘어놓은 파동, 교차하는 모든 음들의

찰나

  광기 아닌 광기,
  차원을 넘어 꽃들은 피어날까
  내 귀를 뚫고 자라나는 거대한 선인장
  내 귀의 사막, 그리고 정적

  죽은 자가 무덤으로부터 살아나고
  뒤로 가는 삶을 살다가, 다른 이의 몸속으로 옮겨 다니
는 생
  그렇게 뒤죽박죽 이동하는 생
  점이 되다가
  소멸을 향해 가는,
  기억이 미래가 되는

  '죽음의 세계를 펼쳐 보여 드립니다'
  혹은 '내일의 복락이 임박해 있습니다'
  긴 입을 위장하는 백색 눈의 악어처럼
  흑마술에 유능한 보험 설계사와 대변인들

  틈 없는 곳으로 틈을 내는 목소리들,

꽉 막힌 언어의 목구멍 혹은 찢겨진 일기장 같은
부자유의 나날들
몸이 거위 알처럼 갈라지는, 지금 여기는
피와 살들이 분해되는 장소

다시 울어 주지 않을래?
피로 태어나 피로 죽어 가는 이들을 위해,
내 귀의 사막을 위해,

차원을 넘어 불쑥불쑥 태어나는 아이들
용서하렴, 폭언의 날들에 대해,
붉은 나뭇잎의 잔영에 대해,
이곳은 무수한 차원들이 교차하는
우연의 비상구

나는 차원을 넘나드는 개
잠시 사지에서 돌아온
지옥의 개
한쪽 눈 표면에 사선이 그어지고
난자당한 사지

크레인 위에 올라앉은 달빛 고양이

중절모를 쓴 사내가 앉아 위스키를 마신다
그의 옆구리에서 어둠이 흘러나온다
우주가 막 생성되고 있다
아까부터 크레인 위의 흰빛을 챙으로 가리고 있다
무거운 고래의 눈꺼풀
나는 나로부터 멀어지고 있다
키 작은 연필로 문신을 하듯 또박또박 메모를 한다

분홍색 원피스에 챙 넓은 모자를 쓴 여자가
담배 한 대를 손가락에 끼운 채 칵테일을 마신다
유난히 흰 목덜미를 늘어뜨린
여자의 귓속으로 어둠이 스며든다
눈을 깜박이자 떠오르는 몽롱한 섬
잠시 후 여자는 먹빛 톤의 길모퉁이에 서 있다
경계를 돌아서자
낯선 손이 얼굴을 만진다

거리에는 술에 취한 냉랭한 고양이들
검은 아침이라는 창이 넓은 카페와

거친 표면을 두른 거리
작은 빌딩들이 바람을 만들고 있다
달빛에 반짝이는 잎들
어두운 스카이라인과 빌딩 사이에 뜬 달

골목과 골목과 골목들의 끝에서
순찰차의 마이크 소리 울리고
빛이 빛을 낳고 있다
유쾌한 고양이들은 자기증식을 하고
다리 관절의 발육은 진행 중이다
어디선가 가끔 새가 죽어 간다

백색의 밤은 고양이의 눈에서 흘러나와
거리에 균열을 낸다
마른 진흙처럼
얼굴이 갈라진 채 들뜨고 있다

횟집 칼잡이의 하루

오늘은 폭력적으로 시작하고 싶습니다
칼이 살을 가르고 지나가는 소리
어쩌면 지난밤 허공으로 울려 퍼지던,
　심장을 쭉 하고 긋는 비명 같은 그런 소리 같기도 했습니다만,

오늘은 아침부터 피부를 찔러 대던
끈끈한 햇살에 잠을 설치기도 했습니다만,
　혼몽한 가운데서도 오늘은 유난히 오감이 살아나는 날입니다만,

특별한 이유는 없습니다
진땀이 흐르고 여름입니다
마치 푸른 바다의 깊은 살을 발라내는 것 같다고
술에 취해 누군가 말하기도 했습니다만,

오늘의 칼날은 뒤집힌 눈처럼
잔인하고 폭력적입니다, 거침이 없습니다

칼날에 스민 극소량의 피 냄새에
생선들이 균형 감각을 잃고 미세하게 기우는 걸 느낍니다
오늘의 칼은 가장 깊은 결을 따라 그어지고 있었던 걸까요

누가 뼈를 싹 빼 가는 거예요
훑어 가는 거예요
내가 흐물흐물해지는 거예요
다만 이렇게 말하고 있는 겁니다

어쩌면 제가 가른 건 어두운 생명일까요
구원을 바라는 그림자가 숨어 우는,
오늘 이 칼잡이의 영혼은 깊고도 웅숭거립니다
그림자 속에서 뛰고 있는 푸른 심장같이,

녹슨 기계 수리공

기계들이 때로 영혼을 가지고 있다는 걸 아시나요
폐기 처분 직전의 기계들이
불규칙한 리듬을 만든다는 걸, 불안한 리듬으로 걸걸거
리면서
마지막 선율을 뱉어 내듯 삐걱이곤 했던 것이죠
철학적이라고 생각해요
사랑스럽기까지 하답니다

그런 기계들이 있습니다
유난히 고장이 잦고 말썽을 피우는 기계들이,
제 생애는 어쩌면 그들이 만든 리듬입니다
특히 제 영혼에 가깝습니다
제가 그들을 대할 때면
저의 손이 움직이기는커녕
제 도구함 속의 도구들이 먼저 나서서
제 손을 움직이고는 했으니까요

바로 그 기계,
그 기계를 아직도 잊을 수가 없습니다

그렇게 거대한 관절을 가진 기계는 본 적이 없기 때문입
니다
순간 저는 처음 접했던 감자탕 속의 거대한 뼈,
거대한 원통과 구형으로 이루어진 뼈를 떠올렸답니다
백악기를 정점으로 사라진
공룡 뼈보다도 더 큰 뼈를요, 가령

녹슨 불도저의 영혼은 붉은 구름처럼,
녹슨 타워 크레인의 영혼은 거대한 사마귀처럼 빛났습
니다
언제부터 비는 내리고
비릿한 거리 위로 붉은 달이 떠올라 오면
어디선가 슬며시 녹슨 기타 줄이 울리고
붉은 음표들이 하수구로 흘러가는 겁니다
그런 밤 녹슨 기계들을 더더욱 이해하게 됩니다
녹슨 기계들이 삐걱이며 돌아갑니다
오늘도 녹슨 음악이 흐르는 밤,

바닥

허공을 스르르 떠가고 있었다
우린 대부분 그렇게 떠다녔다

바닥에 대해 생각한다
누구나 걸어 다니는 바닥에 대해

발과 발 사이에 놓인
가죽 가방이며 꽃바구니며 비닐 백들
우연한 날들이 계속되었다

중년 여인이 발을 뻗어
왼쪽 발목에 오른쪽 발목을 덧대고 있다
신발 밑창으로 흐르는 파도 무늬 주름,
그 사이에 박힌 가시 같은 작은 돌 하나

바닥을 쓸며 지나가는 청나팔바지를
나는 파란 달팽이 같다고 생각한다

우린 걷지 않는 방식으로

철교 위를 떠서 가기도 한다

자꾸 낮아져 뺨을 맞댄 자라야
이해할 수 있을까
바닥이 바닥을 이해한다
바닥이 현실처럼 서 있다

초원에 선 기린의 발이 서서히 흐려지듯
수많은 발들 속에서
바닥이 사라지고
내 발이 사라지고,

카페 *N*

한 번 깊게 쓰러진 자는 신경질적이 되지
그가 중얼거린다
투명 창 안에서 흘러나온 백색의 빛이
그의 눈 속으로 들어온다
흑점이 점점 자라 태양을 집어삼키길

사멸하는 태양을 위해, 건배
솔직하지 않으면 결국 가시가 되죠
통유리 속에서 흑인이 색소폰을 연주한다
유리로 된 단풍나무 숲을 걷는다

후드를 쓰고 헤드폰을 낀 청년이
고개를 숙이고 걸어간다
백색의 광휘 속에서 한 쌍의 남녀가 미래를 보고 있다
비가 오고 있어요
온몸이 곧 폭포가 되겠죠

망각해야지, 눈이 멀어 가는 자가 중얼거린다
유리로 된 지팡이를 짚고서

그늘진 단풍나무 숲을 걷는다

종이봉투에 신선한 빵과 우유를 넣고 걸어갑니다
나를 보았던 당신의 눈과 색소폰 소리도 잘 집어넣고 갑
니다
매일 우리는 매의 눈 속을 걷고 있지

비중격만곡증

빛이 코를 사선으로 자르고 지나간다
코를 가른 건 사실 벽의 모서리다
아니 코를 가른 건 그림자다

얼굴을 약간 기울여 본다
코는 곧 빛이고 어둠이다
액자 유리에 비친 내 반쪽이
진물처럼 녹아내린다

대칭이 완벽하지 않다
코뼈가 늘어진 S자 모양인지 C자 모양인지
알 수가 없다
볼수록 요철 심한 산등성이 같다

휘어 버린 코에 대해 나는 할 말이 없다
그게 타박상 때문이었는지
산도(産道)의 심한 압박 때문이었는지

언젠가 코의 산을 헐어 낸 적이 있다

작은 망치와 끌칼이 코를 허물고 있었다
코뼈가 쩍쩍 갈라지는 소리를
분명히 들었다, 무너지고 있었다

무너지던 것에 대한 거라면
나는 할 말이 없다, 그게
암석의 일부였는지 코뼈였는지
사랑이었는지 신념이었는지

마취에서 깨지 않은 나는
간호사 옆에 앉아 태연히 신문을 읽었다
글자들이 개미처럼 흩어지고 있었는데
내 코가 바위처럼 부어오르고 있었는데

또 하나의 내가 빛 속으로 증발했다

해 뜨는 곳으로 떠났다가
빛의 거리로 돌아왔다
거리에 도열한 불빛들
사방으로 누운 그림자가
짙어졌다 엷어졌다를 반복한다
고요한 거리
몰려드는 빛의 이명
또 하나의 내가 빛 속으로 증발했다
가벼워졌을까 조금 어지럽고
거대한 석상들 사이로 바람 분다
나는 동에서 서로
동교동에서 서교동으로
이곳은 잠시 폐허가 된 도시*
불빛이 거친 그림자들을 쏟아 내고 있었다

* 파울 클레(Paul Klee), 「Destroyed Place」.

34

소용돌이

착지할 수 없는 높이에서
사뿐히 떨어지는 고양이처럼,
단번에 모든 물을 마시고 사막에 들어
애써 길을 잃는 낙타처럼,

그렇게 죽음은 완성되었다
등이 굽은 고라니의 빈 몸과
빠져나온 선홍빛 내장들

소용돌이치는 바람이
차의 길들을 비튼다
혀가 퍼석거린다
달콤하고 진한 모카커피를 마시고 싶다

부옇게 이는 모래바람 속에서
차가운 휘핑크림을 핥으며
누르는 힘에 밀려 나왔을
갓난아기 숨소리만큼 흘러나왔을
바람을, 마지막 그 소리를 듣는다

요람을 흔드는 손

네 얇은 눈썹과 머리카락이
바람에 부드럽게 흔들리는구나
약간 기운 머리와
하늘로 젖혀진 편안한 손바닥
아가야 넌 바람이구나
난 네 꿈을 엿보며
요람을 흔드는 손이란다
아가야
새날인지 옛날인지 알 수 없는
얘기 하나를 들려줄게

눈이 두 개인 사내

눈이 두 개인 사내가 50층 꼭대기에 살고 있었
단다 사내는 혼란스러웠지 어느 날 사내는 손에
든 눈알을 던져 버렸단다 눈알은 유리 파편과 함
께 떨어졌지 아주 푸른 날이었고 떨어지던 눈알
은 붉은빛에 젖어 있었단다 파편 너머의 세상은

너무도 아름답게 반짝였구나 얼굴의 눈이 마지막
으로 본 눈알 그건 소름 끼치는 슬픔이었지 떨어
지던 눈이 말했단다

유리

저 아득한 지상은
목을 긋는 목련들
날카롭게 베어진 입들

터지는 풍선들
유리 끝에 걸려드는
모든 것들은 떨어져 나가라
경계가 도드라지는 순간
눈물처럼 반짝일 것이니
한 점씩 뜯긴 하늘아
푸른 피를 뚝뚝 흘려라

눈알은 아직 떨어지고 있는 중이란다 아가야
유리 조각 너머로 널 쳐다보는 눈이 보이니 증오
하며 세상을 조각내며 그렇게 떨어지고 있을 거야

알 수 없는 꿈속의 아가야
너는 잠시 어지러운 눈이구나
요람처럼 흔들리는 신발들,
원을 도는 조랑말들,
하늘로 날아가는 문어들,
불꽃을 일으키는 범퍼카들,
날아라 새들아 푸른 하늘을
난 네 꿈을 엿보며
요람을 흔드는 손이란다

새의 기원

고속버스가 속도를 높이자
창 위로 빗물들이 기어온다
물은 비늘이 되고 깃털이 된다
물은 자꾸 자란다
아득한 속도가 날개를 돋게 했다
내 진화의 속도는 물과 같다
푸른 혈관 속에서 물이 소용돌이친다
새로 돋은 물의 날개가
물이 세운 나무에서 물이 세운 나무로
내 활강의 자세는 거칠지만 고요하다
느리지만 아름답다
나는 물의 사내,
춤을 추듯 투명하게
첨병처럼 자유롭게
길을 열고 있다

레인메이커

돌연, 인상적인 비
비가 수염을 당기는지 수염이 비를 당기는지
오로지 한 장의 사진, 탈보트의 사진처럼
거짓 혁명의 그날처럼
단 한 번 쏟아지는

비, 이 밤의 쏙독새처럼
날을 지새우는 자들의 처진 옷깃
잠시 살아났다 꺼지는 눈과 심장들
섬광과 천둥이 한 번,
문득 되돌아갈 곳이 생각나지 않아

솜사탕을 혀가 휘감듯이
하늘과 빌딩 사이의 빗방울들을
붉은 눈들이 끌어당기는데

밤의 게릴라처럼 모든 감각을 곤두세운
돌연, 비 혹은 시시껄렁한 에너지의 이동
투명한 꼬리를 이끌며 사라지는

긴박한 퇴각, 단 한 번의 쓸어 가는 비
너의 꼼빠냐! 꼼빠냐!

정지 비행

길은 이름이 필요해. 명상의 길이나 복숭아밭길 혹은 구산사거리나 구산역사거리 같은, 저 구름의 옷을 입고 걸어오는 저녁을 봐. 안개 낀 건물들 사이로 불빛이 길을 열어주고 있네.

저기 서현연립과 굿모닝마트 사이를 돌아오는 여자의 가라앉은 심장에도 뿌연 저녁은 모여들지. 그리고 길들을 몸속에 말아 쥔 채 무심히 돌아오는 사람들. 신경망처럼 얽힌 길 사이로 이리저리 가로질러 오는 것들의 이름은.

실내가 어두워지니 밖이 환해지네. 어두울 때까지 8층 높이로 떠 있는 심장, 돌 쌓인 북한산이 서서히 가라앉다 사라지고 점점이 좁혀 오는 저녁. 벌새처럼 정지한 채 나는, 내 심장처럼 붉은 꽃들을 향해 무수한 날갯짓을 보내고 있네.

호루라기

아이는 호루라기 속으로 들어가 돌고 싶은 지경이 된다 거대한 공이 호루라기 속에서 돌고 있다 온몸을 부딪히며 소리들을 밀어내고 있다 가령,

소리가 헬리콥터의 굉음을 낸다거나 꿀꿀거리는 돼지 울음을 닮았다고 한다면 이제 호루라기 속에서는 공과 헬리콥터와 돼지가 한꺼번에 돌아간다 거대한 무엇이 호루라기 속을 돌고 있다

내가 돌고 있다 해도 상관은 없다 나는 비명을 질러 댄다 그러다가 홀로 멈춘 그 진공 같은, 구멍 속으로 햇빛이 들어오고 나는 다음에 올 충격을 잊고 흔들리는 나뭇잎들을 본다

은빛 호루라기, 유니폼의 팔이 움직이자 거리엔 온통 휘발되는 소리로 가득하다 정지한 차들, 흐르다 멈춘 담배 연기 문득 잡은 손이 만져지지 않는다 아이가 없다

기념일

잘린 바다로 몰려온 폭풍우가
정물 같은 방에서 숨을 몰아쉬고 있다
거울 속 어둠이 일어서는데
검은 머리가 잔영을 이끌고 일어서는데
나는 중병을 선고받는다
무서워하지 마, 아이야
거울은 거울일 뿐
천장에 매달린 오르골의 맑은 음악 소리
소리에 맞춰 인형들이 돌아간다
저 문은 열어도 벽인데
아이와 놀던 그림자는 아이를 안고 벽 속으로 사라진다
잠시 나는 입부터 괴사하고 있었는지 모른다
그림자가 우릴 끌어들인 게 분명해
그날도 우리의 기념일이었을까

2부

검은 사이프러스 숲

을씨년스러운 십자가들 지키고 섰다
할 수 있으면 하나씩 묘비명을 남길 수 있을까
십자가 없는 무덤도 더러 있는 풍경
잎 달린 나무의 숲은 그곳에 없다
더 먼 곳을 배경으로 서 있는 검은 나무들

사이프러스 숲이 좋아요, 눈도 못 뜬 아이들이
조용히 소용돌이치는 곳, 소용돌이치며 숨 쉴 수 있는 곳
사이프러스 나무의 향은 붉겠죠
여긴 검은 향이 올라오는 산언덕, 용서할게요
애초에 잘못은 누구에게도 없었던 일
배꼽에 거대한 입이 있다는 걸 이제야 깨닫는다
붉은 입이 웃는 일이란 좀처럼 쉽지 않은 일
어서 오세요, 이 검고 칙칙한 땅의 어둠 속으로
아름다운 즙들로 우린 하나 될 수 있을 거예요
소리 나는 쪽으로 돌아눕고 있으니,

무덤들 위에서
검은 머리카락들이 자란다

검은 머리카락들은 무수한 변명처럼 자라,
검은 머리카락들은 무정형으로 아름답게,
부드럽고도 날카롭게 꺾인 채 솟아난다
이 숲에서는 머리카락만이 바람을 만들 줄 안다
어둠을 결정한다
검은 머리카락들이 영토를 넓혀 간다

취소되고 잘린 것들이 도착하는 곳
이곳에선 탄생이 없다
가까이에 겨자씨 미용실, 멀리 형제 이발소, 더 멀리 집
에서 날아온 또 다른 숲들
거대한 숲은 멀수록 거대해지고
이젠 검은 불처럼 타오르고 있다
이건 차라리 거대한 생명으로 하늘을 뒤덮고
또한 하늘을 검게 물들였으니,

오늘 잘린 머리카락들은 새로운 영토를 찾아 굴러다니다
새로운 흙들 위에 자리를 잡을 것이다
생활의 수은을 머금은 채, 그 무거운 것들은

금세 뿌리를 내리고, 무관심의 전쟁을 버티며
그 세력을 키울 것이다
거대한 사이프러스 나무들처럼
묶이고 서로를 휘감고 밀어내며,

오르세 커피숍에서, 노란집 식당에서
오지 않을 연인을 기다리는 사람처럼,
우두커니 앉아 있는 사람처럼,
기다리면서, 날 생각하고 있을까
묻혀 버린 시간 속에서 떠올라 오는
이름조차 묘비명조차 없는 것들
가장 중립적인 목소리로 냉정한 목소리로
나를 기입하라
사이프러스 숲 너머로는
또 다른 내가 태어나고 세상은 조금 더 우울해졌을까
죽음 너머에 이르자 우울이 먼저 당도해 있었다

한강대교 북단에서 남단 방면 여섯 번째 교각에서

당신의 얼굴은 범람의 흔적이 묻어 있다 아니
당신의 연주는 범람의 흔적이 묻어 있다 아니
모든 게 사라지고 어느 순간
당신의 기타에 범람의 흔적이 묻어 있다 아니
당신의 기타 소리에 범람의 흔적이 묻어 있다
—— 로이 부캐넌(Roy Buchanan), 「The Messiah Will Come Again」에 대한
불가해한 변주

얼굴에서 막 떠난 얼굴이, 무한의 기울기로 잠긴다
　공중에서 잠시 정지한 물방울들, 격전을 위해 아주 잠시
　조준점을 정렬하고 각도를 바꾸며, 하늘을 뒤덮는 그 무
수한 점들

　홍수 통제소의 긴박한 움직임과 잠수교의 수위, 그리고
　이런저런 댐들의 범람에 대해 흥분한 목소리로 전하던
　노란 우비를 입은 리포터, 노랑은 위험 노랑은 순수, 노
랑은……
　범람,
　강이 게워 낼 노란 토사물들,
　뒤집힐 퇴적물들,

　범람!이라 발음하자 비로소 몸을 드러내는 홍수 통제소
　오늘만은 당신 바깥에 있을 것, 메시아네버윌컴어게인

당신의 기타는 이렇게 울고 있었죠? 하지만 감사해요,
기다릴게요
무너질 게 있다는 건 얼마나 다행한 일인가요

게워진 것들이 다시 귓속으로 흘러드네요, 풀잎들이 엽
록소를 뱉어 내고
달팽이들이 흔들리는 밤, 어지럽게 쏟아지는 시야
차라리 눈을 감을 것, 침묵하던 젖은 입술이 달팽이처럼
꿈틀거린다

범람하라,
내 안을 향해 범람하라, 어차피 예언은 이루어질 수 없
으니
어쩌면 나는 노랑이 뱉어 놓은 노랑, 노랑이 다시
노랑이 될 때까지, 흘러넘치는 물들이 층층으로 쌓여 대
리석이 될 때까지
내부를 뒤집는 나일처럼, 모세혈관 속 고운 흙까지 철저히

비와 비 사이, 검은 상공을 거니는 낮은 그림자들

여긴 바리케이드를 친 경계의 다리, 오늘의 리비아처럼
순교자를 자처하는 이들이,

오늘의 이집트처럼 염결자를 자처하는 이들이, 숭고한
자세로 소요하는 곳

사나운 바람처럼, 휙 하고 찾아올 불온한 안녕

결코 안녕인 세계,

이 도시가 잠시 회오리쳤던 건 그 때문일까요

경계 위로 사산아들이 범람하고, 그 사이로 낯선 얼굴
들은 흘러가죠

고음과 저음의 울렁이던 연주는 이제 끝나 가요, 비닐처
럼 찢겨 나간 기분 때문에

더 이상 견딜 수가 없군요, 곧 마취제를 맞은 환자처럼
편안해질 겁니다

심장을 들썩이던 작은 광기는, 자장가의 달콤한 꿈속으
로 사라질 거예요

그러니 이 밤은 다시 복원할 수 없는

혼돈의 밤,

가속이 붙은 비행체들의 굉음이 희미해지고

고양이들이 개처럼 울부짖는 밤, 사이렌의 울림 끝에서

　고양이들은 기타 속에서 산다, 혹은 고양이는 고양이처럼 운다
럼 운다
　라고 읊조려요, 고요하게 떨리는 당신의 수염
　고양이는 고양이가 될 때까지, 흘러가야 할 테지만

　비닐처럼 흘러가야 할 테지만, 술에 취한 어린 고양이들이 다시
이 다시
　흥겹게 기타를 연주하는, 그런 저녁을 상상해요
　도시의 끝으로 빠져나가는 처연한 소리들, 얼굴들은 또한 겹 흘러가는데
한 겹 흘러가는데
　신호등 속으로 들어가 깜박이는 사람은
　교통 표지판 속으로 들어가 자세를 취하는 사람은 곧 고요해지네요
고요해지네요

구름의 묵시록

용서하라, 끔찍한 나비를
가장 난폭한 날갯짓을
붉게 충혈된 두 눈조차

당신이 사색하고 있다
내가 가장 평온한 집으로 돌아와 정적 속에 잠길 때
내 눈 바깥 어디쯤, 가깝고도 먼 곳에서
당신은 빈 원처럼 눈을 뜨고 극점에 대해 말한다
검은 비닐봉지 속에 담겨 보세요

다시 시작하세요 공포는 이제 끝났으니
멀리 구름으로 흘러 흘러 흐르더라도
봄비 속에 떠난 사람 봄비 맞으며 돌아오는 것처럼
수화기에 담긴 마지막 빗소리를 잊지 마세요
단 한 번 든 적 없는 가장 캄캄한 암흑 속으로
잠시 들어가 보세요

끔찍한 꽃들이 오르고
끔찍한 강아지들이 젖은 채 뛰어가고 있다
물 밖의 일은 물 밖의 일, 나는 겨우 잠수 중
스치는 가슴처럼 유연해지고

부풀어 오르는 밤이다
겨우 평화에 정박해 있던 밤
반칙 반칙 휘슬이 울리고 경고음이 울리고

평화를 빙자한 성스러운 거짓말
매일 밤 시달리는 여인들을 느낀다는 건 견디기 힘들죠
비가 와서 나는 괴로운데, 통통통 불이 굴러 오는 밤
증오의 눈으로 그렇게 쿵쿵거리며 뛰어오지 마라

달걀 속 노른자가 흔들리는 봄밤
저기 잔디밭 너머에서 그림자가 일어난다
살과 살이 다르다는 것을 습기로 아는 밤

괴물이 괴물이 되어 간 내력을 아세요?
바깥의 주름, 허공의 살갗
그곳의 가녀린 떨림, 용서할 수 없어요
이 사각거리는 언어조차

노노녹킹온헤븐스도어 녹녹녹……
문이 삐걱이고 무릎뼈가 삐걱이고 자동차가 삐걱이고
우리들이 삐걱이고 두려움이 삐걱이고
수화기를 넘는 말이 목처럼 꺾이고
전쟁 같은 목소리 내 턱이 탈구되고 말이 혀가 꼬이고

젖은 회색 그림자들이 어딘가로 뛰어가고 있어요
오선지 마지막 줄의 다음 줄
그 빈 줄에서 울리는 무음처럼
달콤한 빵 냄새를 지우고 번화한 거리와 건물을 지우고
봄비 속에 떠난 사람 봄비 맞으며 영원히 떠나가고

칫솔 통에 달그락거리던 색색의 칫솔들이 하염없는데
그렇습니다, 해골과 해골의 입맞춤
칫솔모와 칫솔모의 입맞춤, 보글보글 올라오는 거품들은
포도송이들처럼 흩어져 떨어지고
그렇습니다

뼈를 바꾸고 있는 중!

성형 중독자를 이해하는 날들
돌연변이처럼 절연을 배웁니다
길고 긴 육신의 역사,
전통 사극 속 길고 긴 역사를 지나
여인과 사내의 몸은 오늘에 이르고
여전히 인간은 인간이고

내 눈 밖에 내 눈 바깥으로 당신이 있으니
내 눈이 돌아간다 내 눈이 점점 돌아가고 있다
저 많은 비들은 어디서 온 걸까
혀의 물, 피의 물, 뼈의 물

시계

방금 건물과 건물 사이로, 파도가 쓸려 갔다

거대하고 푸른 지네가 미끄러지듯 횡단한다, 분명 3년 전

나는 초록의 브로콜리처럼 풍성하면서도 신선한 채로
몽롱했었지

메두사의 머리 모양을 한 브로콜리 속에서

온몸을 흔들며 기어 나오던 생활의 지네를 기억한다

혐오스럽고도 징그러운 지네를, 그런데 지금

그보다 일천 배는 클 것 같은 형상으로,

긴 몸과 촘촘한 다리를 드러내는 법 없이,

온몸을 청동빛으로 빛내며 그것이 또한 지나간다, 나는
어쩌면

거대한 지네의 등을 타고 가고 싶다는 생각

청동의 지네가 사라지자 뒤이어 일천 마리 양이 지나가고,

나는 먹다 남은 진홍색 커피를 마신다

일천 마리 양이 풀을 뜯는다, 먼 옛날에 내가 나에게 들
려주던

양들의 이야기, 첫 번째 양이 풀을 뜯는다

아삭아삭 천장 위에서 쥐들이 요란스러워요, 두 번째 양

이 풀을 뜯는다

    천장의 벽지 문양이 뱀처럼 꿈틀거려요, 세 번째 양이
풀을 뜯는다

    이곳은 너무 추워요, 네 번째 양이 이불 속으로 들어온다

    수북한 양털이 눈처럼 차갑다, 꿈속처럼 액자에서 피가
흐른다

    나비는 붉은 달 속으로 들어가 한생을 마치죠, 드디어

    마흔세 번째 양이 풀을 뜯을 때,

    점심을 먹으러 가기로 한다, 지네의 등은 매끈할까

    삼백 번째 양이 풀을 뜯을 때,

    차를 한 잔 마시고 난 뒤에도

    양들은 계속해서 풀을 뜯는다, 풀이 꽤나 신선한지

    아삭거리는 소리까지 내며 풀을 씹는다

    비릿한 향이 머리끝까지 올라오는 것 같다

    귓속으로 밀려 들어오는 양들

    귓속이 양들로 인해 번잡하다, 차가 밀려 번잡한 도로의
소음을 넘어

    양들의 울음에 내 귓속이 찢어질 듯하다

내 몸이 양털처럼 부푼다, 밀려 들어오던 양들이
더 이상 들어오지 못하고 입구에서 왱왱거리다가
비로소 길을 찾았는지, 소음도 없이
표정의 변화도 없이, 냉정하고 침착하게
벼랑 끝으로 떨어진다, 다시 본 바다
공포가 더욱 선명하다

나는 망가진 기계처럼 떨어지고 있다
살기 위해 잊는 것과
잊지 않고 살아가는 것
공포를 정시하는 얼굴로, 난 거꾸로 박힐 것이다
진흙의 아득한 바다, 내가 저 어둠을 완성할 것이다

저기 초원의 먼지 사이로 뛰어가는 임팔라 떼
마치 다리 근육 위에서 움직이는 가죽처럼,
영혼도 살갗도 따로따로인 날,
청동의 지네가 날 떠메고 어디론가 사라지고 있을 시간
　일천 년 전 찢고 태웠던 문자들이 둥근 입술 밖으로 줄
을 지어 나온다, 아니

그건 다 타지 못한 채 남아 숨 쉬던 문자들

매번 만나는 스티커맨 철가방맨의
오토바이가 소량의 가스를 뿜고 간다
지네의 다리를 한 양의 몸, 코폴라의 머리를 한 지네의 등
기이한 생물을 타고 이동 중인 나는
월요일의 방식으로 웃고 울다가 냉담하다가
생활이 던져 주는 각도에서 약 1도쯤 빗나간 채,
문득 신원 미상자의 무덤 앞에 서 있다

구름의 서쪽

내륙을 적시는 바이칼 호
침묵처럼 말이 번진다

태양을 등진 채 구름의 서쪽으로,
떠나는 자로서 나는 묻는다

왜 이리 황량한가, 입국 불허자의 심정이 되어
안에서도 바깥에서도 버려진 사람처럼

타인에서 타인으로, 바깥에서 바깥으로
몰래 손님처럼

나는 잉여의 냄새를 쫓는 추적자
윤리를 버리고 잉여를 취하는 사냥꾼

나는 굴러다니는 돌, 굴러다니는 얼굴
입술의 말단에서 찌그러진 음성이 터져 나온다

미지의 그림자에 이끌려

심장이 향하는 쪽으로,

시간이 게워 놓은 것들을
기꺼이 응대할 것

나는 결국 그들에게로 이르는 끊긴 다리일 뿐
물음은 안에서 오고 바깥에서 온다

가령, 고요와 불안이 교차하는 곳에서
혁명은 싹텄는지 모른다

사랑할 수 없는 날이 오면,
떠날 것
무언의 직물을 짜고 있는 구름처럼

물음은 떠남에 있지
그래도 떠남은 돌아오는 것

나는 지나간 것들을 모르고

너를 잊는 기술을 모르고

저기 버려져 비옥한 검은 흙들을 넘어
소음이 나를 몰아가는 곳으로

피의 광장

온몸을 닫아도 햇빛이 가득하다
침묵만이 내 몸을 두르고 있다
스테인드글라스처럼 눈꺼풀이 휘황한데

간판과 의자와
거닐고 또 앉은 사람들은 온통 주황빛이다
생경한 말들이 내 몸을 투과한다

긍지로 독설을 내뿜고
두려움으로 사람을 처형하는
동화의 광장,

피의 압박 혹은 피의 이끌림
생체 시계는 조율 중인데

교수대에 걸려 부딪히는 시체들의 밤에도,
소름을 경험하지 못하는 동화 속 주인공처럼
기어가는 새를 경멸할 줄 아는 자들
피를 물감으로 아는 자들, 그들에게 경의를

침묵하는 개를 지나
경계석을 넘는 새의 그림자

통과할 듯이
단번에 날아오다, 멈춘 황금빛
나를 한번 쭉 훑고는 판단을 끝낸다

슬픔이 집시처럼 춤을 추고
음표는 걷고 음표는 가지에서 흔들린다
거위들의 행진 같은 것

변박과 고저를 번갈아 가며
끝나지 않을 내전의 지대를 건넌다

홀로그램처럼 세계가 겹쳐지고
그림자와 사람이 서로를 통과해 가는 광장에는
시간이 길게 꼬리를 내리고
웅크린 채 엎드려 있다

피의 흔적은

어느 순간 떠올라 흘러다니는 게 아니겠습니까

안개와 같은 것이 아니겠습니까

분홍꽃

어디서 시작된 걸까요
누가 시작한 걸까요
광장에서의 업히기 놀이?

모르는 사람끼리
뒤돌아선 사람에게 갑자기 업히는,
그런 반복의 놀이

잠시 쳐다보고 의아해하다가도
알 수 없는 미소를 짓는,
그렇게 그런데 그러다가

한 사람이 갑자기 이탈해 버리면 어떤 기분이 들까요
사라지는 자, 정말 떠나가는 자
곧 사라진 걸 알아채 버린 자, 순간
광대 같은 표정을 지을까요

떠나보낸 자는 분칠한 얼굴을 하고
아득한 돌의 광장을 돌며

광대처럼

꽃을 안겨요

꽃과 함께

자신의 허탈한 표정까지를

분홍꽃다발을

박수무당

이곳과 저곳에서
서로를 마주하고 있는 느낌이란
남의 운명을 가만히 물끄러미
바라보는 일이란

불편한 응시
미지의 기운이 이끄는
힘의 자장을, 몸으로 정녕
무심히, 누군가

운명을 잠시 손으로 만지고 간 것처럼, 누군가
눈으로 운명을 응시하고 간 것처럼
심장이 뛴다

멀리 내다보는 일이란, 허망한
무섭거나 소름 끼치는
아주 멀리에서
심장과 심장이 잠시 조우하는 일이란

운명이 잠시 겹쳐지는 일이란
불가해하고도 먼,

당신의 서판(書板)

철갑처럼 녹슨 시간의 옷을 입고 오는 당신은
한 손에 무딘 칼을 쥐고
다른 한 손에 금이 간 서판을 들고
사막 같은 계절을 걸어, 당신은 어딜 향해 걷는가

우리는 끊임없이 그렇게 스쳐 지났었지
바람처럼,
그때마다 바람을 타고 내 서판 위로 전해졌을 문자들
당신은 하나의 오해였으므로
난감한 문자들을 모른 체하기도 했었는데,

태양의 달팽이처럼 말라 가는 몸
눈 속에서 태양의 흑점들이 자라는 걸 보았지
불안하게 움직이는 눈
파열하고 성장하는 흑점들

당신은 다시 일상을 연습하거나 연습하지 않는 방식으로
슬로우 슬로우, 황혼의 눈을 하고
몰락하는 방식으로만 얼룩소 마을을 지나는,

당신은 금서와 금언 사이에서
거대해지는 운명의 판을
온몸으로 버티며, 슬로우 슬로우

당신이 만든 리듬은 살얼음처럼
불길하고 냉정하다
살얼음은 그러므로 이 계절의 자랑

몰락하는 방식으로 움직이는 것이 아름다움이라면
눈을 지우는 방식으로 침묵하는 것이 아름다움이라면
나는 몰락하는 방식으로만 아름다울 것
지워지는 방식으로만 아름다울 것이다

철망에 매달려 죽은 꿀벌의 시간과
벽에 매달려 울고 있는 뻐꾸기의 시간 사이에서
금이 간 당신의 서판은 흘러내리다 희미해지고

나는 마치 「대탈주」에 나오는 스티브 맥퀸처럼
가시철망의 울타리를 넘고 넘다, 가시철망에 걸려

사지의 피로 문자를 남길 것
피를 흐르게 하고, 우울의 석순을 자라게 하고

바깥이 안이 되고, 안이 바깥이 되어 가는 이중의 경계
에서
경계 너머로 무던히 피를 넘기면
붉은 꽃 한 송이 대지로 흘러들어 피어나겠지

회색의 산과 계절마다 회생하는 초록의 유방들, 잊을 것
부드러운 초록을, 초록의 공포를
시 외곽에서는 영원한 안식을 판매하고
칼이나 초록의 모자를 복부에 감춘 나는
벽처럼 춥고, 벽처럼 뼈와 살이 춥고

태양의 아침은 어둡군, 태양의 오후도 어둡군
당신은 붉은 적도의 선을 넘으며
얼굴 위로 기어가는 미지의 뱀에게 묻는다
눈이 습기를 잃어 가는 시간에 대해
힘줄이 뚝뚝 끊어지는 시간에 대해

먼지들로 환생하는 누수의 시간에 대해

마지막 마임을 마치고 사라져 가는 사람처럼
당신은 인내를 이끌어
가시가 될 때까지, 침묵 침묵

늙어 버린 매의 눈,
새의 머릿속 스위치를 내리면
정말 인간은 새장에서 벗어날 수 있을까요

산 자의 초상

검게 뻗어진 그림자로 기어가며 말하건대
너의 내장은 죽음의 냄새로 가득하고
너의 목구멍은 거만한 비린내로 차 있어라

초침이 휘어진 채 가는 것은
심장이 뒤틀려 있기 때문
부드러운 융단을 쓸 듯, 뇌의 단면을 쓸어 보면
고무로 된 영혼이 만져진다 할 것인데

허공에 서류를 가득 쌓고
너는 부활을 기다리는 사람처럼 긴 목으로 서 있는데
말하건대,
죽은 자만이 부활할 수 있지

이제 사라져라 하매 사라질 것인데
생활의 미로 같은 골목을 돌면서
굵은 밧줄을 놓지 않는 너에게
손목을 잘라라 하매 두려운 허공을 쥘 것인데
어디쯤, 잠긴 집들과 집들을 열려 하는지

거리를 뒹구는 구두코의
빛을 잃은 빛이나
열린 창밖 얼굴 없는 얼굴로
말하건대,

유골의 차가운 장례식으로 달려가
나비의 시간으로 진입하라

슬픈 비유도 없이 사라져라 하매
너는 괴물 같은 아이를 낳듯
묵중하게 번져 가는 검은 어둠을 낳았으므로

행위하건대, 온 육체로 너를 삼키다
무심코 네가 뱉은 그림자로
산 자의 초상으로

여장의사와 에로 비디오

구기와 북악, 북악과 구기를 관통하면서
라이트를 켰다 껐다 켰다 껐다
긴 내장에 깃든 불안에 대해 말한다

밤과 냉기만이 흐르는 여장의사의 집
그녀의 집에는 관이 즐비하고
주검 앞, 비 오는 밤
트럭 위에서는 에로틱한 장면이 흐른다

칠흑 같은 밤, 돼지가 우물에 빠진 날
돼지의 죽음 앞에서 절을 하고
남녀는 옆방으로 들어가
더 큰 엑스터시로 접어들고

끈질기게 달라붙어 사랑을 부르는
죽음, 드라큘라가 깨어나고
매일 죽는 드라큘라가
신선한 피로 깨어나고 미녀에게서 다시 태어나고
관의 냄새는 신선하다

생나무 냄새와 니스 냄새가 뒤섞이는 곳에서
오동나무 관과 죽을 때까지 대화,
괴멸되어 가는 해골에 새겨지는
우울과 욕망의 아라베스크

그 자리

그를 밀어 버린다
그 자리로 발을 내딛는다
양복이 터무니없이 크고
서류 가방을 든 손은 소매 속에서 놀고
바지 끝은 구두에 밟힌다

이번에 정차할 역은 망원, 망원
일이 잘 풀리지 않는 날엔
언제나 역명이 눈에 띈다
내가 그의 망원을 본다
멀리 보아야 한다

그가 지난여름을 떠올린다
떠올라 오는 푸른 바다
바나나 보트가 시원스레 달리고
파도 끝으로 부서지는 흰 포말
그 경계와 장난하는 해수욕객들
모래사장을 구르는 공
이건 너무 감상적이군

나는 그를 바닷속으로 밀어 버린다
그는 수장될 것이다
그가 남긴 흔적을 밟고 선다
갑자기 주위는 어두워지고
돌아보면 아무도 없다

텅 빈 허공에 내가 서 있다
일어서는 검은 파도의 벽
나를 미는 한 손
그도 내가 아픈 것이다

그의 퇴근길에는 어둠과 여름이 있고
빛은 내 뒷덜미를 잡더니
영 점 일 초 전의 그 자리로 거슬러 간다
어둠과 빛이 뒤바뀌고
나는 한 발 내디뎠을 뿐이다

이불의 세계

비가 창에 비친 너를 지우고
넘실대는 거대한 배후가
문턱을 넘는 밤,

각자의 이불 속으로 들어간 사람들은
적막한 육체들의 도시, 그들은 정말이지
구들의 무게로 잠들고, 여기는
저지대의 상습 침수 지역

악몽은 빗물을 깊게 끌어당기지
썩은 이빨과 괴사된 잇몸
악어가 입을 벌린다
컴컴한 악어의 입속에서
유령에게 책을 읽어 주는 일이란
정말이지 외롭고도 오싹한 일

난 있기도 하고 없기도 해요
왜 아무도 오지 않는 거죠
무서워하는 나를 두고

인류는 무얼 하고 있는 거죠

우린 서로가 두렵고, 강해도 두렵고 두려워하고
약해도 두렵고 두려워하고
그러니 우린 늘상 두렵고

몸의 굴곡을 이불만은 기억하지
낯선 다리 밑에서 잠드는 기분으로
상악과 하악이 깨어질 듯 부딪히고
바닥이 비에 잠긴다
앉아 있는 이불의 무게중심이 발밑으로 가라앉는다

언젠가 솜이나 오리털, 가벼운 거위털이 날아오르겠지
침묵의 이불이 폭발하는 날이 오겠지
널 위해 침묵하마
사는 한 취소되지 않을 지독한 육체

이불의 세계만이 침묵한다는 걸
아는 자, 나무의 영들이 광란하는 밤

이 투명한 빨강, 투명한 투명한 잠
비를 머금은 이불이 피를 흘린다

이불의 세계를 아는 자는 위험하지
이불과 함께 실려 가는 날들
우리는 모두 그러므로 위험한 자들
곁쇠로 자물쇠를 교묘히 여는 일이란
이불을 아는 자, 이불을 아는 자

목매단 자의 집*

녹색은 따스하고 배경은 심심하다
창은 검어 잠잠하고
지붕의 삼각형은 약간 비틀려 있다
냉정하다면 시선을 거둬야 한다
이따금씩은 이중의 흔들림
그때마다 그가 비참하고 슬프다
그는 멀고도 왜 가까운지
그의 출몰의 배경에는 그러니까
바닥을 뒹구는 의자와 기울어지는 화병
질기게 매달려 흔들리는 끈
몸 안에서 누군가 목매었으므로
나는 집이 되었던 거다

* 세잔(Paul Cézanne)의 「La maison du pendu」.

3부

망각의 숲으로 진입하시오

붉은 말들의 무덤

흡혈귀는 왜 인간을 다 잡아먹지 않는 걸까 그러면 비추어 볼 거울이 없으니까 영원할 수 없으니까 오늘은 그러면 을 얻은 날 나도 흡혈귀가 된 기분으로 빵을 조금씩 뜯어 먹고 있다 당신은 사랑받기 위해 태어난 사람 얼마나 슬픈 일인가 사랑받기 위해 무얼 얼마나 해야 하는가 나는 낙인 찍힌 말처럼 히힝거린 적이 있습니다

초원과 초원 사이

우리 사이에 무한한 세계가 펼쳐져 있어, 우리는 외롭지 않다 평원은 풀잎처럼 시원하고 성대의 가장 낮은 곳에서 목소리 울려 퍼지면, 거대한 풍차는 삐걱이며 돌아가지 단단한 구름들 사라지는 미소 그렇게 몸은, 작은 입자들로 흩어지고

본적없는집

집이 담배를 피운다 집이 담배를 피우고 나는 앓는다 연기를 죽이는 건 수분 그러나 더 빨리 썩어 고약한 냄새를 풍기지 건조할 것, 한 점 의심 없이 내가 사라지는 날, 그대는 남고 내 입술의 온기는 사라질 것

수직으로 파열하는 탄성 축제의 끝에 솟아오르는, 빛의 조각들 우리는 그 끝을 올려다보며, 밀어를 독백처럼 쏟아냈었지 뱀 같은 언어로, 알 수 없는 방언들이 우리를 감싸고

씹히는 타르 덩어리 집이 먹는 건 니코틴 횟배 앓는 몸속에 뿌연 안개를 퍼트려, 순백의 것들을 모조리 검게 만들지 검은 상복처럼 검어졌을 때, 비로소 나는 검은 담배 인간, 내가 담배 한 개비로 휘적휘적 걸어간다

내 얼굴은 경고 표지판처럼 밋밋하게 서서 여유에 대해 생각해 본다 너를 인정하겠다 그리고 혁명이 사랑에서 시작되었다고 해서 달라질 건 없다 그대를 무시할 수 있는

건, 돌아볼 곳이 있기 때문이다 그러나 결국 아무도 없는,

루트

　루트를 벗겨 내고 싶었다 눈 속으로 흘러가는 구름을, 한 수저 떨어트리자 심장에서 꺼낸 마른 꽃잎이 살아나 꿈틀댄다 꽃잎은 잠시 가장 민감한 살갗이 된다

　마지막 태양이 병원 탑에 걸려 비몽사몽이다 나는 한 환자의 코 다른 환자의 심장 세 번째 환자의 뒷모습 네 번째 환자의 몽환

이방인

　잠을 사고 싶어요, 아직은 겨우 깊은 피곤이 날 풀어 주었다 벽이 땀을 흘린다 수백의 유령 같은 얼굴들만이 내 눈을 향해 달려든다 나는 부유하고 벽이 진땀을 흘린다

얼굴 위로 작은 뱀들이 기어가며 이렇게 말하는 것이다 부드럽게 지나가세요, 사방 벽으로 물들이 돋아나 부레처럼 부풀더니 터져 버린다, 심장 가득 쏟아져 들어오는 바다 움직임이 유연해진다

가시 억센 물고기들이 신경을 스칠 때마다 오래 품은 비명들이 끌려 나온다 몸이 푸르고 깊다 바다가 하나의 눈처럼 열린다

물의 대륙

사랑은 멀고 여기는 외딴곳, 내 여행의 출발지 난 두려움과 평화를 여기에서 비로소 만나네 오래 잠들어 있었지 물살들에 날리는 머리카락 난 이제 거대한 물의 대륙으로 떠날 수 있을 것 같아 아가미로 변한 폐를 가지고 내내 다시 진화할 것, 육지로 오를 수 있도록 여긴 그러므로 나의 탄생지 새로운 끝 아름다운 창고 그리고 후회의 시작 잊지 말 것 물풀처럼 하늘거릴 것 그러다 다시 물거품으로 사라

질 것 거북의 등껍질처럼 단단할 것

악마의 눈

악마의 집은 보통 사람들이 사는 집이랑 크게 다르지 않았습니다 당신 눈 속에 슬픔의 나무들이 쓰러지고 있어요 이유는 알 수 없었다 당신의 눈은 찢어서 오려 붙인 종이 같군요 이어 붙인 살들이 가렵다

눈 속의 신경들이 얽히고 있다 맹그로브 숲의 뿌리들처럼, 소설 속에서는 누군가 죽어 가고 있고 당신 눈 속에서는 태양이 사멸 중이고 나는 내 인생이 조금씩 피어나고 있을 거야라고 중얼거린다 악마들이 유유히 천사의 날개로 날아오르고 있었다 그리고 그 집은 황홀한 상태로 접어들었다

도박의 섬

앨리스가 도박장에서 게임을 주관한다 환상과 꿈을 드려요 이상하고도 즐거운 세계를 경험하라고 앨리스는 말한다 도박이 아니라 게임입니다 생각을 바꾸세요 순수하죠 쾌락과 냉혹만이 존재하는 곳은 아니랍니다 요란한 꽃무늬로 가득 채워진 환상의 섬 앨리스 도박장에 온 걸 환영합니다 순수는 얼마나 리얼한가 바카라 바꿔라 뱀의 차가운 비늘이 내 귀를 스쳐 갔다

러시안 룰렛

러시안 룰렛으로 할까, 회전 탄창을 촤륵 멋지게 돌리고 명암이 반씩 갈린 책상에 앉아 힘 있게 방아쇠를 당겨 볼까 확률은 1/2, 자 당기기 전에 눈을 감는 거야

종 속의 종이 울리고, 종 속의 종이 다시 울리고, 종 속의 종, 종 속의 균열, 균열 속에서 심장이 따스하게 태어난

다 여기는 룰렛의 집 패배의 집, 애초에 없었던 집의 형상
이 무너져 내리고 나는 그 없었던 집에서 경쾌하게 춤을
춘다

강변 약국

목이 사라질 즈음 손은 더욱 섬세해지고 가운을 입은
약사는 무언가 떠오를 때마다 스르르 조제실로 사라졌다
커튼 사이에서 황금빛 비늘들이 떨어지고 있었다 잔뜩 깃
을 올리고 그의 손은 어둠과 교미하고 있었다 생활을 조금
이라도 지우지 않는다면 결국 끔찍한 일이 벌어지고 말 겁
니다

바오밥나무의 시간이 느리게 흘러갔다 얼굴에 밤이 가
득 들어찬다 난 나로부터 떠날 것이다 그러한 이동이 하루
에도 몇 번씩 오는 것이다

4부

검은 사내

검정 크레파스로 죽죽
한 대여섯 가닥이면 뒷모습이 완성된다
사내가 금방 되돌아볼 것만 같다

도화지 위로 검은 선들이 죽죽
비처럼 내린다 아이가
검은 해와 검은 나무를 그린다

사내 그림자가 검은 막대 같다
검은 벽이 꼬리만을 남기고
검은 개를 먹어 버렸다
뛰어가는 아이를 잘라 먹었다

검은 아이가 사나운 선을 긋는다
돌아설 수 없도록
머리에 빗장을 지른다

진흙 속의 아이들*

주변은 모두 진흙이 되고 두 눈알만이 움직인다
진흙 속에서 아이들이 아비를 부정합니다
라고 합창한다
태어나자마자 아비를 부정하는 아이들
아름다운 성가대처럼, 알 수 없는 언어들
저 부정의 영혼들이 사랑스럽군요
군중들처럼 무엇인가를 집행하는 행렬들
저 낯선 목소리들 속에 내가 들려진 채 옮겨지고 있어요
나도 그럼 나의 삶을, 지나온 궤적들을 부정할까요
나는 물처럼 반짝이지도 못했으며
나도 어쩔 수 없이 여기까지 흘러왔다고,
날 용서해 줄까요
내 목소리가 들릴까요
이건 내 잘못만은 아니라고,
진홍빛 카펫의 따스하고 여린 올들이 피부에 닿는 것
같아요
나도 그곳에 눕고 싶어요
성모와 성자와 성령의 이름으로,
스테인드글라스 안으로 들어오는

저 성스러운 빛

저들은 왜 머리만이 거대할까요

이 시대의 머리들은 모두 잘려 나가고 없는데

내 잘못만은 아니라고 열 번 스무 번 부정을 하고

* 옥타비오 파스(Octavio Paz).

아이들이 오후 네 시를 통과한다

나는 그 시각 몽롱한 복도였다
오후 네 시의 아이들이
각 세대의 벨을 누르거나 침입하는 일이 발생한 시각

비상벨이 울리고
쇠막대 같은 것이 길고도 부드러운 통로를 훑고 갔는데
오후 네 시의 아이들은 유유히
세대와 세대의 잠기지 않은 문들을 넘어,

신선한 옷 냄새와
기이한 향수 냄새를 여기저기 흘리며
이 집에서 그 집으로 그 집에서 저 집으로
나른한 이동이 이루어졌다

벽에 걸린 액자가 비스듬히 기울고
넝쿨에 걸린 얼룩 고양이가
붉은 장미를 피워 낸다

영원히 끝나지 않을 것만 같은 하루

방심한 문들이 열리고
아이들은 오후 네 시를 무사히 통과한다
작고 앙칼진 강아지가 마지막으로 지나간 뒤
통로가 다시 닫히고

한 알의 모래에 찾아드는 어둠,
모래 사이로 스미는 미소들
아이들은 그날의 마지막 놀이를 접고
뿔뿔이 낯선 집과 방으로 흩어져
블라인드 안에서 그림자놀이를 한다

사랑의 인사

재킷이 빈 몸으로 떠간다
엘가에 들러 커피 한잔을
이층 유리창 바깥, 좁은 난간 위에서
종업원이 투명 필름을 떼어 내고
반투명 필름을 붙이고 있다
허공의 식도로 커피가 흘러내린다

불탄 목재 건물을 지나쳐 간다
검게 탄 간판에 남은 글자들
열쇠고리 볼펜 라이터 전화번호부,
누군가
훤히 보이는 건물 내부에서 플래시를 터트린다

니스 통에 담긴 바둑알과 길에 놓여진 바둑판
노인과 대학생이 한판
옆으로 중년의 사내들이 또 한판
돌들이 서로 다르게 짜여지고 흘러간다
현대 바둑은 기세다*
기세 싸움이 한창이다

빈 니스 통 속에서 손들이 돌들을 어루만진다

'감미로운 색소폰, 라이브 음악과 함께'
음악이 흐르지 않는 스타생맥주, 여유로운
오후 여섯 시의 을지로
몽롱한 실내포차 서울의 달을 거쳐
맛있는 해물 떡볶이 동표골뱅이
재킷이 흘리고 간 몸을 찾으며
지나가는 곳마다 사랑의 인사를 건넨다
보관품은 따로 보관하는데요
현대는 역시 기세다

* 프로 바둑 기사 이세돌(李世乭).

빙판 위를 날아가는 퍽

퍽이 날며 파장을 만든다 클로즈업된 퍽은 바람을 가르며 날카로운 바람만을 몰고 간다 서늘한 목덜미 위험한 건 퍽에 실린 바람의 살기다 관중석이 열광한다 퍽은 방심한 자들만을 노린다 그러므로 방심한 자는 위험하다 슛 그리고 골 목표에 닿으면 그만이다

증권가 마이더스의 손이 춤을 춘다 바람이 일고 멀리 증권사 전광판이 온통 붉고 객장은 즐겁다 거리의 브레이크 등은 밝고 곤봉은 춤을 추고 퍽이 날고 검푸른 원유가 터지고 사막은 얼어붙고 앰뷸런스가 사납게 운다 저건 분명한 골이다

토크쇼

  토크쇼 아줌마는 예쁘다 어느새 손님들이 사라져 버렸
다 나만 남아 소주를 마신다 긴장했던 목도 풀어 보고 가
벼운 스트레칭도 해 본다 셔츠 끝을 걷어붙이고 바지 속
에 넣었던 옷도 꺼내 놓는다 마지막으로 나간 잡지사 사장
과 직원들 시끄럽게 흘린 것들을 치우며 토크쇼 아줌마가
붉은 입술로 껌을 씹는다 들으라는 듯 씹는다 빨리 사라지
라는 얘기다 폐허의 바그다드를 본다 잔해만 남은 건물들
유격모를 쓴 교관의 지시에 따라 터번 두른 사람들이 경호
훈련을 받고 있다 술이 늘었다 버티고 앉아 술도 물도 천
천히 마신다 토크쇼 아줌마는 고수다 내가 모든 걸 재고
있다고 생각했는데 이미 토크쇼 아줌마가 재어 버렸다 껌
을 딱딱 씹는 건 사실 가라는 얘기가 아니다 그래 알았으
니 심각해지지 말라는 얘기다 입술이 붉다 느긋하라는 거
다 한눈에 알아봤다 그러니 나도 고수다! 토크쇼 밖으로
우산의 실루엣들이 가끔 떠가고 터번 두른 바그다드가 땀
을 흘린다 무심히 설거지를 하는 토크쇼 아줌마 그릇들이
달그락거린다 토크쇼 창으로 마이크를 든 카우보이가 서
있다 신밧드는 어딜 항해하고 있을까 토크쇼가 비 내린 거
리 위로 떠가고 있다

두 사람

두 개의 첨탑 위에 두 개의 십자가가
완전한 대칭이다
나는 그것이 비 내린 밤의 거리와 새벽 거리의
또 다른 상징이라고 생각한다

하마처럼 느린 하품 너머
두 개의 십자가가 유난히 빛나는 것은
병실의 시간이 느리게 흐르기 때문이며
정물처럼 서고 누운 두 사람 때문이다

마치 계란을 위아래로 세워 보듯
다른 시간대에 똑같은 곳을 바라보는 방법으로
침상에 누운 그를 바라본다

변검술사가 가면을 바꾸는
그 변검의 사이에,
그의 얼굴이 잠시 흔들리고
창에 매달린 빗방울과 빗방울 사이에서
나는 그의 얼굴을 보았다

불빛이 블라인드를 넘어
아름다운 칼처럼 방 안을 가르는데
그의 발톱은 자라
허공을 약간 밀어냈을 뿐이다

창 너머 크레인의 높이에서 바라본
차갑고도 아름다운 거리
올 장마는 풍성하고 오래 지속된다

누구나 한번쯤 정물이 되는 때가 있다
한 세계가 열렸다 닫히는 것처럼
나는 영혼이 없는 유리를 지나
쓰러진 나무를 지나
허공의 문들을 열고 또 열어 보는데,

곰팡이들의 시간

무중력으로 걷고 있는 시간
침대에 얽힌 시간

이불깃을 스치는 허리
뒤채는 엉덩이 그
하염없는 우리의 사이에
그렇고 그런 하염없는 시간이 흐를 때
곰팡이들이 자라나고 지금은 어쩌면
긴 장마의 시간

곰팡이들의 역사는
사라진 계단만큼이나 깊고 아름다울 것 같은데
우리는 곰팡이들로 이어져
침대를 느끼는지도 모르지만, 사랑한다면
눅진하게 번져 가며 한 몸처럼 한 공간을 공유할 수 있
을까

자세가 변하지 않는다는 건
죽음 이후에도 상상할 수 없는 일이다

가장 편안한 자세로

조금씩 무너져, 기울거나 낮아지거나 주저앉거나 하듯이

우리의 꿈과 피부와 근육도

어딘가를 향해

가장 알맞은 자세로 돌아눕고 뒤척이고 있는 것이다

달랑게와 시지프스

돌아온 아이가 배 위에서 춤을 추네
양이 투명한 씨를 낳는 꿈, 씨 안에서 용이 파닥이는 꿈
등뼈가 무수히 갈라지는 꿈
절반의 동화를 상연하는 슬프고 아름다운 춤

휘젓는 칼, 고래 잠과 같은
깊고도 서늘한 유영, 남은 뼈만이 생을 증거하는
모래의 땅, 파랑의 산들이
순간 나타났다 사라지는 모래의 바닷가
동일 음들의 고요한 그래프

달랑게가 탑들을 전시하네
헛헛한 미궁을 보여 주기 위해
모래 속 빈집을 드러내기 위해
무한 침묵의 탑 쌓기
비워 내고 쌓는 무한 반복의 기술

오토바이의 고속 회전이 아름다운 거리,
머리에서는 어두운 고니와 물고기들이 뛰놀고

달랑달랑 매달린,
불완전한 것들을 밀어내던 밤들

리메이크된 밋밋한 음악처럼
삐~이이이이이이이이이이이
순간 내가 없었으면 했어요
모래 무덤을 다지는 집게 손
다만 멀리서 머리를 쓰다듬는 손

허공을 파내고 또 파내도, 사라지지 않는 허공
모래를 파내도, 다시 메워지는 구멍
피의 탑, 무너지는 등뼈
무한 허공에 탑 쌓기

깃털 같은 이야기

여자는 두 개의 심장을 가졌지. 꿈을 꿔도 같은 꿈을 꿀까. 잠들기 전 여우와 당나귀, 치즈와 빗자루.

손가락들이 움찔거린다. 격렬한 모양이다. 몸을 흔들자, 자작나무의 하얀 수피가 만져진다. 여자가 구름으로 쌓이다 흩어진다.

새까만 머리카락들이 풀려 꿈이 이어져 가는 밤. 파도의 너울을 따라 창백한 얼굴과 감은 눈.

사람 속 사람은 아름다운가. 한 차례의 심장 박동에 힘줄들이 부풀고, 손끝 지문들이 살짝 선명해진다. 여자는 심장이 두 개. 뒤척이며 악몽의 실타래를 풀어내고 있다.

새

그러니까 새는

얼마나 숨을 멈춰 왔던 걸까

문제는 새가 어디와도 연결되어 있지 못하다는 점이다

나무에서 나무로 운반되던 순간

새의 곡선이 끊어지고

새는 '적'이라 불리는

존재들의 입에서 입으로 옮겨질 것이다

새와 새 사이,

날카로운 바람 불고

흩어진 새와 길 사이,

적막이 쌓인다

투시도

벌레들이 사라진다 가던 길에서 각도를 바꾸고 길을 봐
두었다는 듯이 흩어진다 그건 숨을 곳을 찾아가는 것이지
만 생존의 각도로 몸을 트는 것이지만

수챗구멍으로, 변기 속으로, 연탄구멍으로, 장롱 틈으
로, 깨진 창으로, 아궁이의 실금 속으로, 위고 아래고 틈이
있는 곳은 어디든 몸을 구기고 접은 채 사라지는 것이다

벌레 대부분의 이름들을 그곳에서 알았으나 그들이 왜
그곳을 좋아하는지 알 수 없었다 벌레들은 그곳에서 더 우
글거렸고 더 혐오스러웠으나 더 유연했다

캄캄한 지하 1호에서 10호까지, 1층 만화 가게에서 방앗
간 이발소 막걸리집까지, 2층 1호에서 12호까지, 3층 건물
주 권씨네 부부 방에서 아들과 딸의 방까지, 회랑을 따라
건물 중간에 놓인 찬장과 짐들, 그 안쪽에 놓인 미지의 숲
까지

건물 전체의 투시도가 한눈에 보인다 그들이 움직이던

미세한 길과 웅크리고 잠든 공간들, 이제 알겠다 그곳이 긴
여로의 한 정점이었음을 그들의 거대한 탑이었음을

푸른 알을 낳는 거위

아침마다 들어 올려진 거대하고 푸른 알은 깨질 것 같지 않았다 거위가 집을 한 번씩 들었다 놓기도 했지만 대체로 평온한 날들 답답한 학교엔 가지 않아도 좋았다

아내는 물방울무늬 앞치마를 두른 채 아내였고 남편은 줄무늬 양복을 입은 채로 남편이었다 아침마다 거위는 꼭 한 개의 알을 낳았다

낯선 소도시 한편으로 원추리꽃이 피고 알들은 푸른 저녁을 낳았다 거위 날개는 설레었으나 알들은 오래지 않아 푸른빛을 잃었다

지저분한 발이 구두가 마당을 양복을 앞치마를 더럽혔고 알은 바깥부터 금이 가기 시작했다 여린 깃털만이 굴러다니다 돌부리에 걸려 있었다

그 푸른 시간을 사랑하기로 했다 고요한 새벽 마당 한구석에선 아직도 푸른 거위가 푸른 알을 낳고 마당에선 거위들이 꽥꽥거리며 수선스럽다 알이 따스할 것이다 오랫동

안 거위는 온통 푸른 알이며 푸른 마당이며 푸른 집을 지
키고 섰다

장난감 도시

차창 밖으로 내민 손이 바람에 펄럭인다. 손끝에서 시작된 이상한 변화가 사방으로 번져 나간다. 저 먼 소실점까지, 건물과 인파와 길들이 종이로 변하고 있다.

광고 버스와 장난감 배송 트럭의 가벼운 접촉. 매끈한 모델들이 버스 표면에서 주룩 흘러내리고, 튀어나온 장난감들이 이리저리 움직이기 시작한다.

둥근 턱에 수염을 오려 붙인 사내와 마르고 큰 키에 청바지가 헐렁한 사내. 누가 먼저랄 것도 없이, 시가에 불을 붙인다.

후미진 골목에서조차 사나운 일들은 일어날 것 같지 않은 날. 너무나 바람 많고 화창해서 빈 내장이 떠오를 듯한 날. 젖은 종이도 바삭 마를 것 같은 날.

펄럭거리는 납작한 차와 얼굴들이 점점이 현장에 붙박이다 지나간다. 명랑하게 웃는 아이는 진열된 장난감에서 시선을 떼지 못하고,

후사경에서 연기가 솟아오른다. 불꽃이 거리 위로 떨어지고, 도시를 다 태울 듯이 불이 번지기 시작한다. 꽁무니에 불을 단 우리는 납작한 바퀴로 달려간다.

구름의 신전

석판 하나에 귀를 댄다 삐걱이는 철문소리 먼 곳의 바람 목덜미가 서늘하다 나는 잠시 바람으로 일어서 신전을 빙 둘러본다 단조롭고 높고 거대한 구름이 끝없이 몰려와 쓸리다 사라질 뿐 신의 형상도 어떤 문양도 없다 나는 구름과 구름을 건너는 자

목 언저리로 빠져나가는 바람 차가운 돌 벤치 세상이 옆으로 구르고 있다 현기증이 거리 위로 풀어진다 저기 허름한 사내와 검은 플라타너스 사선으로 누운 그림자가 등껍질을 비닐에 담으며 나무와 나무 사이를, 차가운 계절을 건너고 있다

변신 놀이

까마귀처럼 우는 아이가 있다 작은 악마처럼 처량하다 아이를 달래어 본다 멈추지 않는 울음 햇빛과 그림자의 경계를 밟으며 아이가 뛰논다 가끔 휘청, 한다 날카로운 모서리 아이는 그러니까 울면서 논다 두 팔을 벌려 키를 줄이는 내게 아이가 안긴다 안기는 게 아니라 나를 밟고 오른다 아이는 날카로운 발톱과 손톱으로 날 찍어 오른다 살이 움푹 파이고 꼼짝할 수 없다 나무늘보처럼 느리면서 치타처럼 날렵하게, 아이는 내 머리를 향해서만 기어오른다 나는 나무가 되고 삭정이가 된다 엉덩이 쪽에 뿌리가 나 있다 아이의 눈을 본다 시간이 길고도 깊다 타오르는 화염을 본 듯했지만 그냥 까만 눈이다 어색한 싸움에 지지 않으려 눈을 노려보지만 그건 다만 너무 까만 눈이다 햇빛이 만든 마름모가 어느새 늘어나 있다 아이의 웃음이 통통하다 이파리 같은 손톱에 물드는 붉은 피 깊이 파인 생살 속으로 바람이 분다 간지럽다 나는 꺾인 계단처럼 아득한데 아이가 다시 햇빛을 밟으며 논다

벽

핑크 플로이드가 노래했고
도(道)를 믿으라던 그가
내 눈 한가운데에서 본 그것
들개 같은 눈은 정말이지
높고도 강렬했다
이건 단지 벽에 관한 이야기
팔레스타인 땅 위로 세워지던
벽의 낙서를 보았지
To exist is to resist*
지구 반대편에서 잊혀진 현재를 보네
온통 휩싸이는 것들
꿈틀거리며 땅을 파먹고
길을 가로지르고 통행증을 요구하지
벽 사이에 갇혀 돌아갈 수 없는 집들 사람들
지금도 세워지고 있는 탑들
은폐는 완전하고
저격수의 높이에서 망원렌즈는 긴장하지
온통 눈만이 꿰뚫어 보고 있네
누군가는 그림책 속에서

담을 쌓고 들어앉은 사람의 우화를 보여 주며
신앙의 힘을 보여 주기도 했었는데
언젠가 길을 가며 모른 체 지나쳤을 뿐이네
이건 너와 나에 관한 이야기
이건 단지 짧고도 끝나지 않을 벽에 관한 이야기

* 나는 저항한다, 고로 존재한다.

고요와 불안의 구도

조강석(문학평론가)

1

주영중의 첫 시집이 회화적 성격을 띠고 있다는 것은 새삼 강조할 필요가 없을 듯하다. 소재적 측면은 말할 것도 없고 도드라지는 주제 의식과 그 주제 의식을 언어적으로 처리하는 기법에 이르기까지 이례적으로 집요함과 내밀함을 유지하고 있는 이 시집의 세계는 틀림없이 회화적이다. 이는 "누구나 한번쯤 정물이 되는 때가 있다"(「두 사람」)나 "검정 크레파스로 죽죽/ 한 대여섯 가닥이면 뒷모습이 완성된다/ 사내가 금방 되돌아볼 것만 같다"(「검은 사내」)와 같은 감각적 표현에서 단적으로 드러나지만, 그의 시가 회화적이라고 한 것은 그 이상의 함의를 지닌다.

실상 한 시인의 시집이 회화적이라고 말하는 것은 언제나 부연을 필요로 한다. 유의미한 상관관계를 이루는 양쪽 항의 외연이 너무나 넓기 때문에 이 명제는 항상 구체적 실정성을 재차 요구하기 때문이다. 여기서 일반론이나 연역적 태도를 취하는 것은 어떤 실익도 없을 것이다. 대번 시를 보자. 다음 두 작품은 아마도 시인 자신의 관심이 시와 회화를 수렴시키는 것에 있음을 가장 일차적으로 보여 주는 예가 될 것이다.

> 젊은 시절 내내 나는 저기 식탁보를
> 갓 내린 눈처럼 칠하고 싶었다 ── 세잔

주름지고 부드럽고 조심스러운 손이 사과를 올려놓기 시작한다 둥근 사과들이 눈 같은 식탁보를 조금씩 녹이더니 자리를 잡는다 사과가 붉고 차가워서 이가 시리다

슬쩍 내미는 손 식탁보가 날아오고 사과들이 식탁 아래로 굴러떨어진다 가루도 없이 환하게 터져 버린다 나는 부드럽게 구겨진 식탁보를 식탁 위에 활짝 펼친다

은회색 머리카락 한 올만을 남기고 식탁보는 나무 속으로 스민다 그러더니 식탁이 비스듬히 기우는 것이다 어어 하는 사이 부엌이 바닥이 기울고 내 몸도 한편으로 기우뚱 저기

매달린 칼만이 무게중심을 찾아가고 있다 칼날이 싱싱하다
　　　　　　　　　　　　　　　　　　——「식탁보」

　시의 형식이 말하고 있듯이 이 시는 세잔과의 대화를 시
의 방법이자 주제로 삼고 있다. 본의 아니게, 그것도 사후
에 결과적으로 19세기와 20세기 회화의 비가역적 가교가
된 세잔이라는 이름은 항상 맥락 안에서만 구체적으로 호
출될 수 있는 것이다. 이 시의 앞머리에 인용된 말이 여기
서의 세잔을 푸는 열쇠가 될 것이다. 잘 알려져 있는, 식탁
위에 사과가 있는 정물화들은 세잔 특유의 집요한 예술 정
신을 고스란히 보여 주는 작품들이다. "갓 내린 눈처럼"이
라는 말은 언어적으로는 간명한 비유의 차원에 속하지만,
다시 말하자면 아무리 거리를 좁혀 놓아도 이 표현은 언
어적으로는 항상 비유의 이편과 저편을 양립시키게 되지
만 회화에서는 문제가 달라진다. 인상파의 화풍을 넘겨받
아 그것을 20세기의 새로운 탐구에 인계하면서 세잔은 감
각과 실재를 회화의 중심 문제로 두고 이 문제를 풀고자
온 힘을 다했다. 인용된 세잔의 말이 언어적으로는 범상한
것에 속하지만 회화적으로는 폭과 깊이를 헤아릴 수 없는,
자신도 모르는 사이에 두 세기의 예술을 어깨에 떠메게 될
예술가의 한숨과 고뇌를 담고 있다는 것을 기억할 필요가
있다. 메를로-퐁티는 「눈과 정신」에서 세잔의 이 고투가 세
계를 경험한 대로 그리려는 시도에서 비롯된 것이라고 설

명한 바 있다. 저 유명한 생트 빅투아르 산 연작은 기존의 과학적 지식으로 길들여진 눈을 씻고 새롭게 풍경을 봄으로써 지식에 길들여진 시각의 베일을 뚫고 사물과 세계를 끄집어내는 작업이라고 그는 설명한다. "갓 내린 눈처럼 칠하고 싶었다"는 말은 비유의 양안(兩岸)을 두고 씨름하는 차원의 문제가 아니라 색과 면의 계획과 실재의 문제 차원에 속하는 고뇌를 담백하게 전하는 것이다.

주영중의 첫 시집이 회화적이라고 말할 때의 중심적 의미 역시 그런 것이다. 위에 인용된 작품은 이 시집에 실린 최상의 시라고 할 수는 없지만 위에 설명한 바로 그런 맥락에서 이 시집의 계획을 단적으로 보여 주는 것이라고 할 수 있다. 만약 설명의 편의를 위해 해석자의 월권을 한 번 행사할 수 있다면, 이 시의 제목은 월러스 스티븐스(Wallace Stevens)의 「항아리의 일화(Anecdote of the Jar)」를 차용하여 「식탁보의 일화」로 고쳐 써 볼 수도 있을 것이다. 테네시 언덕에 놓인 항아리 하나가 대번 사물의 중심에 우뚝 서서 주변을 제압하듯 이 시에서도 식탁보 하나가 세계를 기울게 한다. 재현적 독법으로, 다시 말해 사과와 식탁보와 식탁을 바라보는 이의 시점에서 시를 읽자면 그저 소소한 하나의 사건을 다룬 것일 뿐이지만 기지(旣知)의 인식을 씻어 낸 눈으로 사물에 즉한 태도로 탐구하자면, 그 단출한 사건은 미세한 위치 변화에도 작용과 반작용을 거듭하며 중심을 수습하려는 사물들의 필사적 고투로 되읽힌다. 그러니 이 시는 "갓 내린 눈처럼"이라는 말이 메우지 못하는 비유의 양안을 새로운 시계(視界)에서 발원하는 언어로 수습하는 방식으로 세잔의 고투에 응답하는 '야심찬' 답신이라고 할 수 있을 것이다.

> 녹색은 따스하고 배경은 심심하다
> 창은 검어 잠잠하고
> 지붕의 삼각형은 약간 비틀려 있다
> 냉정하다면 시선을 거둬야 한다
> 이따금씩은 이중의 흔들림
> 그때마다 그가 비참하고 슬프다
> 그는 멀고도 왜 가까운지
> 그의 출몰의 배경에는 그러니까
> 바닥을 뒹구는 의자와 기울어지는 화병
> 질기게 매달려 흔들리는 끈
> 몸 안에서 누군가 목매었으므로
> 나는 집이 되었던 거다
>
> ──「목매단 자의 집」

이 시 역시 같은 맥락에서 읽을 수 있지만 여기서 주영중은 답신을 일단락하고 스스로의 활로를 찾는다. 시의 제목은 세잔의 초기작인 「La Maison du pendu」에서 취한 것이다. 그러니까 일종의 오마주라고 할 수 있을 이 시는 짧

지만 내적으로는 3번 펼쳐진다. 아니 정확히 말하자면 기지
(旣知)를 씻은 하나의 눈이 3겹으로 놓인 현상의 두께를 관
통하고 있다고 할 수 있겠다. 이 눈이 처음 가닿은 것은 세
잔의 그림 「목매단 자의 집」이다. 그림의 주조인 녹색, 근경
의 음습한 분위기와 대비되는, 무심한 듯 제시된 원경, 그
리고 구도와 주제의 중심에서 화면을 장악하는 검은 창을
재차 언어적으로 데생한 것이 이 대목이라고 하겠다.

그런데 시선은 그림의 표면에 머물지 않는다. 검은 창 안
쪽에서 일어났을 일에 대한 상상적 재구성을 통해 시선은
그림 속 사건을 바로 지금의 일로 현재화한다. 이 시선은
세잔의 그림을 통해 발생했지만 바로 여기서부터 자신을
넘어선다. 선과 면과 색의 계획을 넘어 이 시선은 고집스럽
게 사건에 가닿는다. 아니 엄밀히 말하자면 선과 면과 색의
계획의 내부에 하나의 사건을 기어이 생성시키고 만다. 그
리고 그렇게 기지(旣知)를 씻은 눈은 꿰뚫는 일 말고는 달
리 아는 바를 모른다.

시의 후반부에서 이 시선은 급기야 치명적으로 선회한
다. 바로 발신자의 내면마저 꿰뚫기 때문이다. "몸 안에서
누군가 목매었으므로/ 나는 집이 되었던 거다"라는 말에
서 갑작스러운 '나'의 출현은 의미심장하다. 그것은 그림의
표면으로의 귀환이면서 동시에 그림을 보고 있는 이의 내
면으로의 직진이기 때문이다. 이것은 집의 말이자 동시에
시에서 슬쩍 얼굴을 내미는 시선의 주인의 말이다. 회화에

서 두 겹의 내밀성을 강조한 다니엘 아라스의 표현을 원용하자면, 이것은 회화의 표면에서 형성되는 내밀성이 아니라 그것을 통해 화가 자신의 내면을 드러내는 방식의 내밀성이라고 할 수 있겠다. 결핍과 결여가 내면에 집 하나씩을 짓는 법이다. 이 시의 내밀성은 바로 거기서 발원한다.

2

세잔의 그림 속에서 언뜻 얼굴을 내민 내밀한 내면의 핵심에는 몰락에 대한 예민한 감각이 자리 잡고 있다.

(1)
언젠가 코의 산을 헐어 낸 적이 있다
작은 망치와 끌칼이 코를 허물고 있었다
코뼈가 쩍쩍 갈라지는 소리를
분명히 들었다, 무너지고 있었다

무너지던 것에 대한 거라면
나는 할 말이 없다, 그게
암석의 일부였는지 코뼈였는지
사랑이었는지 신념이었는지

— 「비중격만곡증」에서

(2)

몰락하는 방식으로 움직이는 것이 아름다움이라면

눈을 지우는 방식으로 침묵하는 것이 아름다움이라면

나는 몰락하는 방식으로만 아름다울 것

지워지는 방식으로만 아름다울 것이다

(중략)

바깥이 안이 되고, 안이 바깥이 되어 가는 이중의 경계에서

경계 너머로 무던히 피를 넘기면

붉은 꽃 한 송이 대지로 흘러들어 피어나겠지

　　　　　　　　　　　　　──「당신의 서판」에서

　앞에 인용된 시가 삶의 여러 부면에서 몰락의 신호를 검출해 내는 이의 예민한 자의식을 드러낸 것이라면 뒤에 인용된 시는 그것이 어떻게 이 시인의 예술적 자의식의 근저를 형성하게 되는지를 보여 준다. 앞의 시의 시상 전개에 대해서는 따로 부연이 필요 없을 것이다. 어느 날 몸에 발생한 이탈과 몰락의 기운, 다른 시의 표현을 빌리자면, "생활이 던져 주는 각도에서 약 1도쯤 빗나간 채," "나는 망가진 기계처럼 떨어지고 있다"(「시계」)는 실감과 그것을 통해 돌아보는 삶의 내력과 소회가 간명하게 잘 제시되어 있다.

　뒤의 것은 조금 더 세심한 주의를 요한다. 만만찮은 문제

의식이 담겨 있기 때문이다. 시의 전문을 살펴보는 것이 좋겠지만, 여기서는 시의 구성을 주관하는 형식적 내밀성보다는 표면을 구성하는 이의 속을 들여다보는 쪽을 택하자. 이 단면들이 이 시집에 실린 시들 중에서 가장 단적으로 시와 예술에 대한 사유를 드러내기 때문이다.

「당신의 서판」에서 인용된 부분의 전반부에는 세 가지 단면이 있다. 우선 아름다움에 대한 두 개의 특칭명제가 주어진다. 다시 말해 몰락하는 방식으로 움직이는 것, 눈을 지우는 방식으로 침묵하는 것이 아름다움의 실정성을 구성한다는 명제가 도출된다. 몰락이 아니라 몰락하는 방식으로 움직이는 것이라고 말하고 있음에 주목하자. 몰락은 결과지만 몰락을 향해 가는 것은 과정과 의지의 문제이다. 다시 말해 이것은 패배로부터 교훈을 구한다는 상식적 역설이나 바닥에 떨어져야 튀어오를 수 있다는 역설적 상식이 아니라 감산의 방식으로 표현되는 전향적 의지의 일환이라는 것이다. 몰락을 기꺼이 감내한다는 비장한 의지가 아니라 몰락을 향해 가는 과정과 방법을 기꺼이 자초하겠다는 것인데 두말할 것 없이 이는 그 안에서야 비로소 미적인 것이 고개를 들기 때문이다. 이것이 이 글의 서두에서 말한 바로서의 회화적 방법과 정확히 일치하고 있음은 아름다움에 대한 두 번째 명제를 통해 더욱 잘 드러난다. 눈을 지우는 방식으로 침묵하는 것이란 세계 일체를 보지 않겠다는 것이 아니라 언어를 기지와 인식의 베일 안에서 끄집어내겠다는 것을 뜻한다. 다시 다니엘 아라스의 표현을 원용하자면, 이는 보는 것에 대한 아는 것의 우위를 중단하겠다는 태도라고 할 수 있다. 그렇기에 첫 번째 명제와 달리 이것은 역설이다. 눈을 지우는 방식으로 침묵하면서 보는 것에 대한 아는 것의 우위를 중단하는 방식이 오히려 비로소 세계의 실재를 보는 것을 가능하게 하기 때문이다. 앞에 설명한 시를 다시 상기하자면, 기지의 죽음이 미지의 집이 되고 시선의 공백이 아름다움의 그릇이 된다고 말할 수 있다. 인용된 부분에서, 두 개의 특칭명제에 이어지는 세 번째 부면이 바로 그런 방식으로만 건사되는 미적인 것에 대한 지향을 드러내기까지는 이런 내막이 있는 법이다.

인용된 부분의 후반부는 그런 미의식의 연장선상에 서 있는, 일종의 압축 시론이라고 할 수 있다. 기지를 통한 관습화된 세계 인식을 버리고 묵시와 침묵을 통해 실재를 더듬는 작업은 숙명적으로 영구 혁명의 성격을 띨 수밖에 없다. 김수영의 말마따나 배반을 배반하고 배반을 배반한 것을 다시 배반하는 작업을 중단 없이 해 나가야 하기 때문이다. 필사적으로 더듬어 촉지된 바깥은 이내 안이 되기 마련이다. 이것을 몰락과 묵시와 침묵의 태도로 멀리하고 언어의 방향을 다시 바깥으로 돌려야 하는 작업에 단속은 불가능하다. 바깥은 곧 안이 되고 안은 다시 바깥을 생산한다. 이를 정확히 인지하고 있기 때문일 텐데, 인용된 부분에는 하나의 조건이 달려 있다. 바깥과 안이 이와 같은 방식으로 거듭 삼투할 때, 여기에 한계 조건을 부여할 수 있는 모멘트는 시간의 축이 아니라 의지의 축이다. "경계 너머로 무던히 피를 넘기면"이라는 조건에는 배반의 배반을 현재의 N극으로 삼아야 한다는 것과 그것이 순조롭고 용이한 일이 아니라 몰락과 상처를 요구하는 것이라는 의미가 이미 담겨 있다. 오직 몰락과 묵시와 침묵의 의지로 피를 넘기면 그 피가 흘러 들어와 내부에서 "붉은 꽃 한 송이" 피울 것이라는 마지막 대목은 이 모든 설명들조차 번거로운 일일 뿐임을 반증하는 명료하고 수일한 한 이미지를 배태하고 있다. 이것이 시의 꽃임을 덧붙이는 것이 필요할까?

3

몰락과 묵시와 침묵이 새로운 언어를 풀무질하는 예비 작업이 된다는 것을 살펴보았다. 그런데, 당연한 것이겠지만 이 시집에는 몰락이 부표로, 묵시와 침묵이 새로운 언어의 발견으로 변환되는 장면들이 눈에 띈다. 다음과 같은 시는 내면의 이런 운동을 단적으로 보여 준다. 이 시는 독자들을 이 시집에 실린 시들로 안내하는 마지막 이정표가 될 만하다.

시간이 게워 놓은 것들을
기꺼이 웅대할 것

나는 결국 그들에게로 이르는 끊긴 다리일 뿐
물음은 안에서 오고 바깥에서 온다

가령, 고요와 불안이 교차하는 곳에서
혁명은 싹텄는지 모른다

사랑할 수 없는 날이 오면,
떠날 것
무언의 직물을 짜고 있는 구름처럼

물음은 떠남에 있지
그래도 떠남은 돌아오는 것

나는 지나간 것들을 모르고
너를 잊는 기술을 모르고

저기 버려져 비옥한 검은 흙들을 넘어
소음이 나를 몰아가는 곳으로

—「구름의 서쪽」에서

이 시에서 우선 눈에 띄는 것들은 이항 대립이다. 안과 바깥, 무언과 소음, 떠남과 귀환 등이 일차적으로 대립 항을 이룬다. 여기에 시간의 자취와 망각의 기술, 혁명과 사랑, 고요와 불안의 관계망이 포개어지면 이 시는 평면을 벗어난다. 그런데 이 기시감은 무엇일까? 혁명이 고요와 불안의 산물임을, 혁명이 사랑의 기술에서 비롯된 것임을, 그리고 그 기술이 눈을 떴다 감는 망각과 기억의 기술임을, 그리고 그 사랑은 복사씨와 살구씨의 단단한 고요함 속에 깃들어 있음을, 그리하여 언젠가 한 번은 복사씨와 살구씨가 사랑에 미쳐 날뛸 날이 올 것임을 웅변한 시인을 우리는 알고 있다. 세잔으로부터 김수영에게라니! 선과 면과 색의 계획으로부터 다시 언어로의 귀환이라니! 판넬에 세잔과 김수영을 세로줄로 엮고 다음 항을 비워 두면서 주영중은 무엇을 도모하고 있는 것일까?

인용된 시에 집중된 에너지는 세 가지 긴장에서 배태된다. 지나간 것들을 모르고 그것을 잊는 기술조차 모르면서 시간이 부려 놓고 간 것을 고스란히 수습하고 응대해야 하는 모순된 작업과, 비옥한 검은 땅을 버리고 소음의 몰이를 따라, 무언의 직물을 짜는 구름처럼 바람을 거슬러 소용돌이의 뒤쪽을 향해 가는 운동과, 고요와 불안이 혁명의 트리거가 되는 사건이 만드는 긴장이 그것이다. 세잔에게서 선과 면과 색은 실재를 소환하는 소명에 충실한 계획을 따른다. 다시 메를로-퐁티의 표현을 빌리자면 그는 일상적이고 친밀하고 관습적으로 보는 시각계의 표면을 뚫고 사물과 세계를 신선하게 끄집어내는 일을 감행한다. 언어는 여기에 사랑을 더한다. 실재를 끄집어내는 일을 사랑에 인계하는 것이 김수영의 미필적 숙명이었다. 그리고 전사(前事)는 이제 상식이 되었다. 그렇기에 하나의 조건과 하나의 방법을 주영중은 이 시 안에 찔러 넣어 두었다. "사랑할 수 없는 날이 오면,/ 떠날 것", 조건은 언제나 사랑이다. 이 모든 사태의 유통기한은 사랑이다. 방법은 침묵이다. "무언의 직물을 짜고 있는 구름처럼" 단단하게 떠 있는 것, 떠서, 무(無)로 언어의 그물을 짜는 것, 그것이 시인의 숙명이다. 눈앞의 비옥한 흙을 배반하고 몰락의 중력을 배반하고 시간의 미련을 배반하고 망각을 배반하고 떠남과 귀환의 사필귀정을 배반하고 급기야 무언을 배반할 생래적 모순을 품은 언어, 바로 거기, 고요와 불안이 교차하는 곳에서 혁명은 싹트는지 모른다. 이 시인의 붓끝을 보라.

지은이   주영중
1968년 서울에서 태어나
고려대 국문과 대학원에서 박사 학위를 받았다.
2007년 《현대시》에 「정지 비행」 외 4편의 시를 발표하며 등단했다.
현재 대구대 기초교육대학 교수로 재직 중이다.

결코 안녕인 세계

1판 1쇄 찍음 2015년 8월 10일
1판 1쇄 펴냄 2015년 8월 20일

지은이 주영중
발행인 박근섭, 박상준
펴낸곳 (주)민음사

출판등록 1966. 5.19. (제16-490호)
서울특별시 강남구 도산대로1길 62(신사동)
강남출판문화센터 5층 (135-887)
대표전화 515-2000 / 팩시밀리 515-2007
www.minumsa.com

ⓒ 주영중, 2015. Printed in Seoul, Korea

ISBN 978-89-374-0832-8 04810
       978-89-374-0802-1 (세트)

민음의 시